Erotische Fantasien-Sammlung

Bd. 1

Erika Sanders

Erotische Fantasien-Sammlung

Erika Sanders

Serie

Erotische Fantasien-Sammlung Bd. 1

Zusammenfassung

Dieses Buch besteht aus folgenden Fantasien:

1 – Fantasie im Park

2 – Verheiratet und unzufrieden Frau

3 – Der Vater meines Freundes

4 – Fantasie mit Fremden

5 – Untreue mit reifen

Erotische Fantasien-Sammlung, eine Romanreihe mit hohem romantischem und erotischem Tabugehalt.

(Alle Charaktere sind 18 Jahre oder älter)

Erika Sanders ist eine international bekannte Schriftstellerin, die in mehr als zwanzig Sprachen übersetzt wurde und ihre erotischsten Schriften, fernab ihrer üblichen Prosa, mit ihrem Mädchennamen signiert.

Index:

EROTISCHE FANTASIEN-SAMMLUNG

ERIKA SANDERS

FANTASIE IM PARK

Es war Samstag und in meiner Colonia ist normalerweise nichts los, also beschloss ich, einen Spaziergang im Park im benachbarten Colonia zu machen, um zu sehen, welche Angelmöglichkeiten es gibt, da dieser Park den Ruf hatte, dass man dort sehr leicht angeln kann .

Ich kleidete mich sehr sexy und flirtend und machte mich bereit, in Richtung Park zu gehen. Der Fußweg war etwas weit, also bestellte ich ein Uber.

Der Fahrer kannte mich bereits, da ich zuvor bei ihm Dienstleistungen in Anspruch genommen hatte, sodass ich selbstbewusst auf dem Beifahrersitz Platz nahm.

Ich bat ihn, mich in den Park zu bringen, und wir kamen ins Gespräch. Die

Wahrheit ist, ich sah super sexy aus, fast unwiderstehlich , also fing der Junge an, unauffällig zu reden. Es gab einen Moment, in dem er aufgeregt war und seine Hand auf mein Bein legte, weil ich einen Rock trug, weil meine Strumpfhose war zu sehen. .

Wir unterhielten uns also , er wollte schon seine Hand auf mich legen und um ihn zu necken, öffnete ich meine Beine ein wenig, er fing an, mein Geschlecht über meinem Höschen zu streicheln... Aber das ist eine andere Geschichte, sie endet hier, denn wir waren bereits angekommen Ich ging in den Park , also stieg ich aus, ich wollte ihn bezahlen, aber er weigerte sich, das nächste Mal warnte er mich. Wenn Sie wissen möchten, was als nächstes passiert, sollten Sie sich diese Serie erotischer Fantasien nicht entgehen lassen.

Ich kaufte mir ein leckeres Eis und machte einen Spaziergang durch den

Park, um mich sehen zu lassen und zu sehen, ob ich etwas bekommen könnte.

Ich ging eine Weile so, bis ein reifer Mann auf mich zukam und anfing, mit mir zu reden. Sie wissen bereits, dass ich im Delirium der Erwachsenen bin, also habe ich bereitwillig zugesagt.

Wir unterhielten uns sehr lustig, plötzlich fragte er mich, wie alt ich sei, und ich sagte ihm, ich sei 19. Ich sehe wirklich älter aus, weil ich sehr entwickelt bin, seit ich 13 bin , habe ich bereits geringe Leidenschaften geweckt, aber ich werde es tun erzähl ihm später davon.

Mit schüchterner Stimme und kokettem Blick fragte ich ihn: Wie viele hast du? 23 antworteten.

Ich war überrascht, denn sein Aussehen zeigt deutlich, dass er ein älterer Mann ist, mindestens 60. Habe ich ihm gesagt, wie? Du siehst etwas älter aus.

Er sagte mir schlau lächelnd , 23 cm... er er ...

Ich wurde ganz rot, nervös und schluckte Speichel, als es mir gelang, „Ah!" zu sagen.

Der lustige Typ provozierte mich immer wieder und schaute mir direkt in die Augen und fragte sich schamlos: „Wie viele von euch magst du?"

Ich wurde wieder rot und noch nervöser, aber ich versuchte es zu verbergen und sagte zu ihm: „Eigentlich mag ich ältere Menschen", sagte ich etwas kokett.

Er lächelte amüsiert und sagte mir, was denkst du, wenn wir ins Kino gehen, sie zeigen einen sehr guten Film, lächelte boshaft, ich sagte bereitwillig zu und wir machten uns auf den Weg zum nahegelegenen Kino.

Im Kino werden nur Pornofilme gezeigt, das wusste ich bereits, weil ich einmal mit ein paar Freunden aus Cole einen Ausflug gemacht habe, aber davon werde ich später in einer anderen Publikation erzählen.

Es ist bereits bekannt, dass es in diesen Kinos fast völlig dunkel ist, man sieht die beleuchteten Toilettenschilder kaum und bietet sich daher für alle möglichen Manöver an, wenn man dazu Lust hat.

Und natürlich war ich dazu bereit.

Es dauerte nicht lange, bis der Mann einen Arm hinter mich legte, ich näherte mich ihm und er küsste mich sanft auf die Wange und begann, meine Brüste zu streicheln. Das machte mich sehr nervös und ich schaute überall hin, um zu sehen, ob uns niemand sah. In Wirklichkeit konnte uns in dieser Dunkelheit niemand sehen, also versuchte ich mich zu entspannen und es mir selbst zu erlauben.

Dem Mann gelang es, meine Brüste aus meiner Kleidung zu ziehen und begann daran zu lutschen. Sofort richteten sich meine Nippel auf und wurden superhart, was er sofort bemerkte und er befummelte mich immer mehr und saugte mich so, dass ich schon super aufgeregt war.

Plötzlich legte er seine Hand auf mein Bein und wie ich schon sagte, waren durch das Röckchen, das ich trug, meine Beine und mein Höschen zu sehen. Sofort und automatisch spreizte ich meine Beine und stellte mich so ein, dass er sich amüsieren konnte.

Er fing an, mich zu befummeln, und sobald ich spürte, wie seine Finger mein Geschlecht rieben, konnte ich nicht widerstehen, ich spreizte meine Beine weiter und packte seinen Schwanz über seiner Hose und begann, ihn sehr gut zu streicheln.

Er legte seine Hand in mein Geschlecht und bemerkte, dass ich bereits ganz nass war, er wurde erregt und steckte seine Finger so weit er konnte in mich hinein. Ich musste auf meinen Beinen stehen, um sein Manöver zu erleichtern, als ich spürte, wie er meine Klitoris berührte , es wurde hart und stand fest und wartete darauf, mehr zu bekommen, ich war super aufgeregt, ich beugte mich zu ihm und fing an, seinen Schwanz zu lutschen, er war auch schon sehr aufgeregt, ich spürte, wie er mit jedem Saugen von mir wuchs, das wurde mir klar die 23 cm, von denen Er mir gesagt hatte, dass es sich nicht um Lügen handelte.

Es wurde schon schlimmer, als sie plötzlich meine Hand nahm und sie von ihrem Schwanz nahm, sie nahm ihre Hand aus meinem Geschlecht und mit sanfter Stimme, aber sie schien super aufgeregt zu sein, sagte sie mir, lass uns gehen.

Ich wusste sofort, was passieren würde, und ohne darauf zu warten, dass er es mir wiederholte, machte ich mir keine Mühe, stand auf und wir gingen los.

Wir überquerten die Straße und gingen sofort zu einem kleinen Motel, das in der Nähe des Kinos lag.

Ohne ein Wort zu sagen zogen wir uns aus und ohne Zeit zu verschwenden stürzte ich mich auf ihn und bereitete mich darauf vor, mit dem Schwanzlutschen fortzufahren, das ich ihm im Kino gab. Er dankte mir, indem er meine Beine spreizte und sein Gesicht zwischen mein Geschlecht schob, was ich inzwischen auch getan hatte war super nass, meine Klitoris war nass und stand auf und sehnte sich danach, von einer Zunge geschmeckt zu werden.

Wir machten mehrere Minuten lang 69, bis ich, meine Hure, auf seinen Schwanz stieg und mit einem Zug die 23 cm langen Schwanz hineinsteckte, die er mir versprochen hatte, ich kam fast vor Aufregung und Lust, die mich erfüllten.

Also verbrachten wir eine ganze Weile damit, in verschiedenen Stellungen zu ficken, und als mir klar wurde, dass er kommen würde, setzte ich mich sofort mit dem Rücken zu ihm auf alle Viere und bot ihm wie die wahre Hure, die ich bin, schamlos meinen Arsch an.

Er zögerte keine Sekunde, er füllte mich mit Speichel und als ich spürte, wie sein riesiger Kopf in mich eindrang, stöhnte ich vor Schmerz, Lust und Erregung und fing an, mich wie verrückt zu bewegen, ihn zu provozieren und um mehr Schwänze zu betteln.

Er hatte keine Gnade mehr mit mir und steckte den Rest seines Schwanzes, der draußen gelassen wurde, in meinen Arsch. Es brachte mich dazu, vor Schmerz zu schreien, aber anstatt wegzukommen, drückte ich meinen Hintern und begann, mich wild zu bewegen. So blieben wir eine Weile, bis es mich ungemein zum Höhepunkt brachte, als er merkte, dass er es nicht länger aushalten konnte und in mich eindrang und mich ganz mit seiner kochenden Milch füllte.

Es war das erste Mal, dass ich einen 9-Zoll- Schwanz geschluckt habe, und ich verspreche Ihnen, dass es nicht das letzte

Mal oder der letzte große Schwanz war,
den ich gefickt habe.

VERHEIRATETE UND UNZUFRIEDENE FRAU

Ich bin eine vorbildliche Hausfrau, jung, schön, sexy, mit einem guten Körper, verheiratet und untreu, die Art von Mädchen, von der alle verheirateten Menschen träumen.

Aber es stellt sich heraus, dass mein Mann auch sehr jung ist, aber er hat keine Erfahrung. Und ich habe kein Interesse daran, ihm etwas beizubringen. Wir sind also verheiratet, aber nichts über Sex, und die Wahrheit ist, dass ich dank meines Vaters völlig sicher bin, dass ich dafür geboren wurde, Sex zu haben und wie verrückt zu ficken, und die Wahrheit ist, dass es mir wirklich egal ist Wer, es geht darum, den Körper zu ficken und ihm Freude zu bereiten, ufff.

Es kam die Zeit, in der meine Schulfreunde anfingen, mich „Random

Girl" zu nennen, weil mir so viele Dinge passiert waren, bei denen es meist um Sex ging.

Als ich mit meinem Mann ins Kino ging, war es halb voll und ein wenig dunkel, sodass wir nicht genau sehen konnten, ob noch Plätze für uns frei waren, also blieben wir an der kleinen Bar lehnten, die zum Gang hin blickte die Sitze.

So waren wir, als plötzlich ein Typ anfing, mich von hinten zu reiben, etwas verheimlicht, damit mein Mann es nicht merkte. Ich wollte auch nichts sagen, damit er es nicht erfuhr.

also lange Zeit seinen Schwanz zwischen meinen Beinen gerieben hatte, wurde er, da ich nichts sagte, erregt und fing an, heimlich über mein Kleid hinweg mein Gesäß zu streicheln.

Wer mich schon länger verfolgt, weiß, dass ich immer super sexy gekleidet ausgehe, natürlich zu allem, was angeboten wird. Entweder mit einem kurzen Rock und einer Bluse mit Ausschnitt. Oder wie dieses Mal ein kurzes, enges Kleid mit Ausschnitt. Der Stoff meines Kleides ermöglicht es mir, dich zu berühren und das Gefühl zu haben, dass du fast meinen Körper berührst. Der Stoff ist so reichhaltig, deshalb liebe ich es, solche Kleider zu tragen.

Nun, stellen Sie sich vor, was der Junge fühlte, als er mich befummelte, er konnte meinen Körper fast in seiner ganzen Pracht spüren.

In diesem Moment sagte mir mein Mann, dass es einen freien Platz gäbe, dass ich mich hinsetzen solle, ich sagte ihm, keine Sorge, mir geht es hier gut, du gehst besser dorthin, und so tat er es.

Der Junge verstand, dass ich zulassen würde, dass er mich weiter berührte, und seine Liebkosungen wurden immer gewagter, und wie die gute Hure, die ich bin, ließ er es zu.

Ich zog mein Kleid hoch, bis mein nackter Hintern und mein Höschen sichtbar waren. Er fing an, sie zu streicheln, sehr geil. Als er zu geil wurde, holte er seinen Schwanz heraus und lehnte sich nackt an mich, packte mich an der Taille und begann, ihn in der Mitte meines Gesäßes zu reiben.

Wie köstlich fühlte sich dieser heiße und pochende Schwanz zwischen meinen Pobacken an, und er lehnte sich auch an mich und rieb mich sehr gut. Kurz darauf trennte er mein Höschen und begann, seinen Schwanz direkt an meinem Geschlecht zu reiben, wobei ich zu diesem Zeitpunkt bereits supernass war.

Ich drehte mich zu ihm um und lehnte mich mit dem Rücken zur Bardita , ich legte mein Höschen beiseite, ich nahm seinen Schwanz und begann selbst , mein Geschlecht mit seinem Schwanz zu reiben.

Es dauerte nicht lange, als der Junge meine Brüste aus meinem Kleid nahm und anfing, daran zu lutschen, wurden meine Brustwarzen superhart und gut positioniert, das ist ein Zeichen dafür, dass ich schon sehr geil bin, zu diesem Zeitpunkt war alles, absolut alles, was es ist Es hat sich für mich gelohnt, Mutter.

Ich nahm seinen Schwanz und steckte ihn in mein Geschlecht, ich packte ihn an der Taille und zog ihn zu mir, als klares Zeichen, dass er ihn in mich stecken sollte. Er wartete nicht lange, zog mich an der Taille und beugte sich ein wenig nach unten, dann steckte er seinen gesamten Schwanz in mein Geschlecht, das bereits völlig nass war, sodass es ihm nicht schwer fiel, ihn einzuführen.

Das war köstlich, verbotener Sex ist das Beste und kann mit nichts verglichen werden. Stell dir vor, ficken im Kino, voller Menschen, mit meinem Mann in der Nähe und dem Jungen mit einem heißen, riesigen, dicken und großköpfigen Schwanz, genau das So wie ich sie mag, genau so, wie mein Vater sich an sie gewöhnt.

So waren wir nur für ein paar Minuten, der Junge ließ mich mit Spritzern fertig werden, ich gab mir große Mühe, nicht zu schreien, obwohl ein lustvolles, lustvolles, fieberhaftes Stöhnen herauskam, ich klammerte mich an den Jungen und drückte mich fest gegen seinen Schwanz und das war genug. so dass gewaltige Milchstrahlen austraten. Ich konnte es nicht mehr aushalten, meine Beine knickten ein und ich kniete mich vor ihn, ich nutzte diesen Moment, um ihn richtig gut zu lutschen und ihn ordentlich zu reinigen, wie es sich gehört...

Als der Junge ging, kam mein Mann zurück, weil er gerade mit dem Film fertig war, und wir umarmten uns und fuhren mit dem Bus zu unserem Haus.

DER VATER MEINES FREUNDES

An diesem Tag war ich etwas aufgeregt, was sehr seltsam ist, weil ich immer viel haha habe , also beschloss ich, meinen Freund zu besuchen und ihm eine kleine Überraschung zu bereiten. Nach Hause kommen. Ich klopfte und sein Vater öffnete es mir. Hallo, Liebling, sagte er zu mir, komm rein, mein Sohn ist nicht hier, aber er wird bald zurück sein. Ich habe mit voller Zuversicht bestanden, weil er mich bereits seit der High School kannte, außerdem hatte ich großes Vertrauen zu ihm und wusste, dass er mich sehr schätzte.

Ich ging ins Wohnzimmer und war überrascht, dass er mit einem Freund von ihm trank. Ich weiß nicht, warum ich angenommen hatte, dass er allein war. Tatsache ist, dass ich „Hallo" gesagt habe und sie mich in die Mitte der beiden gesetzt haben, wie immer, mein Rock ging nach oben und zeigte meine schönen Schenkel, und wie immer habe ich nichts getan, um meinen Rock zu senken, unter anderem, ich liebe das Männer sehen mich und wenn sie reif sind, dann besser. Und in diesem Moment saß ich zwischen zwei reifen Männern, mein Rock reichte mir bis zu den Oberschenkeln.

Anscheinend haben sie dem keine Bedeutung beigemessen und mir gesagt, dass sie sich einen Pornofilm ansehen würden und dass sie ihn ändern würden, wenn ich ihn sehen wollte. Das störte mich nicht wirklich , also sagte ich ihm, es sei in Ordnung, es sei kein Problem für mich.

Sie boten mir einen Drink an und ich nahm an. Ich hatte das Gefühl, dass der Drink, den sie mir gaben, etwas stark war, aber mit 18 wollte ich mich nicht dumm stellen, also sagte ich nichts und trank ihn. Die Wahrheit ist, dass ich nicht viel Alkohol trinke und mir von

diesem Getränk fast sofort schwindelig
wird. Das Schlimmste ist, dass sie mir
noch eins angeboten haben und ich habe
es wieder angenommen und wieder
wurde mir schwindelig.

Ich sagte nichts, ich schaute weiter auf
die Leinwand, der Film war schon sehr
heiß geworden, da waren zwei ältere
Männer, die sich an einem jungen
Mädchen erfreuten. In diesem Moment
wurde mir klar, dass ich mit zwei älteren
Männern allein war!!! und das Getränk,
die Wahrheit ist, dass ich schon geil
wurde, es war mir ein wenig peinlich,
mich neben diesen Männern so zu
fühlen, und einer von ihnen war der
Vater meines Freundes. Ich war etwas
nervös. Ich fühlte mich noch schlimmer,
als der Vater meines Freundes einen
Arm hinter meine Schultern legte, etwas
näher kam und mir sagte, dass ich
bereits sehr schön geworden sei. So
peinlich mir der Alkohol war und wie
geil ich mich fühlte, ich schaffte es nur,

meinen Kopf auf die Sofalehne zu lehnen und ihm in die Augen zu schauen und mich zu bedanken. Er nahm mein Gesicht mit einer Hand, ich war super nervös, denn abgesehen von allem wirkte dieser Mann trotz seines Alters immer sehr attraktiv auf mich. Die beiden Männer waren vermutlich etwa 60 Jahre alt, wenn nicht älter. Ich wusste nicht, was ich tun sollte, und das Einzige, woran ich denken konnte, war, meine Augen zu schließen, als ich seine riesige Hand auf meinem Gesicht spürte. Es fühlte sich warm an, sehr köstlich.

Der Mann wagte es und drückte mir einen heftigen Kuss auf den Mund, was mich überraschte. Ich wurde super nervös, ich wusste nicht, was ich tun sollte, ich war ganz still, als ich zu meiner Überraschung meinen Mund öffnete, damit er mich küssen konnte nach Belieben. , und nicht nur das, ich habe ihm auch meine Zunge gegeben, du weißt, was das bedeutet, es bedeutet, dass du geil bist und dass du dich ihm hingibst für alles, was er will.

Nun, er wollte unter meine Bluse greifen und meine Brüste streicheln. Du weißt schon, wie es mir geht, wenn jemand meine Titten berührt. Sofort hörten meine Brustwarzen auf und wurden superhart. Er erkannte und wusste, dass dies das Signal für den nächsten Schritt war. Der nächste Schritt war, dass er anfing, an meinen Brustwarzen zu saugen. Anstatt von dort wegzugehen und zu sehen, wie gefährlich es bereits wurde und mein Freund nicht kam, schaffte ich es nur, meine Beine zu trennen und eine Hand auf seine riesige Beule zu legen, die bereits unter seiner Hose sichtbar war.

Er nahm meine Lieferung an und begann, seine Hand zwischen meine Beine zu legen, ich schaffte es nur, sie noch mehr zu trennen. Als der Freund das sah, wurde er munter und begann auch an meinen Brustwarzen zu lutschen. Das hat mich wirklich erregt, als zwei ältere Männer ihre Hände auf mich legten und an meinen Brustwarzen lutschten, einer auf jeder Seite. Es ist nicht etwas, still zu bleiben, das macht mich besonders verrückt. Ohne darüber nachzudenken, legte ich meine andere Hand auf den Penis des anderen Mannes und begann, sie beide zu streicheln. Sie ließen sofort ihre Hosen herunter und holten ihre Schwänze heraus, damit ich sie nach meinen Wünschen streicheln konnte, was mir problemlos gelang.

Die Bastarde hatten riesige Schwänze, groß, dick und mit großen Köpfen, genau so, wie ich sie mag , und ich machte mich bereit, sie zu genießen, indem ich sie mit jeder Hand berührte, während sie sich weiter verwöhnten, indem sie an meinen Brustwarzen lutschten. Wenn du dir diese Szene vorstellen kannst, wirst du verstehen, dass ich schon mehr als geil war. Der Vater meines Freundes saß auf

der Armlehne der Couch und bot mir
seinen riesigen Schwanz an, den ich
ohne nachzudenken sofort akzeptierte.
Ich setzte mich auf alle Viere auf die
Couch, stützte mich auf diesen schönen
Schwanz und fing an, ihn zu lutschen. Er
schmeckte köstlich, riesig , heiß und es
erregte mich, wie es in meinem Mund
pochte. Der andere Mann nutzte die
Gelegenheit und ging unter mich, zog
mir das Höschen aus und fing an, mein
Geschlecht zu lecken, das inzwischen
schon supernass ist. Der Mann hatte
Freude daran, an meiner Klitoris zu
lutschen und meine Säfte zu trinken. Ich
war bereits mehr als auf das vorbereitet,
was kommen würde.

Sie standen von der Position auf, in der
sie sich auf der Couch befanden, und der
Vater meines Freundes legte sich auf
den Rücken, als klares Zeichen, dass ich
ihn besteigen sollte, und das tat ich auch.
Ich ließ mich auf seinem Bauch nieder
und nahm seinen Schwanz, legte ihn auf

mein Geschlecht und schob ihn in einem Zug bis zu meinen Eiern. Ich wurde hektisch und fing an, mich wie verrückt zu bewegen, wie sehr ich diesen Schwanz liebte, er fühlte sich riesig und heiß an. Ich habe alles ausgefüllt. Der andere Mann kam von hinten auf mich zu und hob mein Gesäß, er füllte mich von hinten mit Speichel und ohne Wasser zu sagen, er steckte seinen riesigen Schwanz in meinen Arsch, ich stöhnte vor Schmerz, er zog ihn ein wenig heraus, er passte ihn an mich an besser und ich fing an, meinen Arsch zu bewegen, das war das Signal für ihn, alles auf einmal von hinten in mich zu stecken. Ich stöhnte, seufzte und bewegte mich wie verrückt. Können Sie sich vorstellen, wie es ist, von zwei wunderschönen Schwänzen zweier reifer Hengste vorne und hinten eingesperrt zu werden? Das ist ein Traum für jedes heiße Schulmädchen. Und in diesem Moment war ich bereits dabei, es möglich zu machen. So werden Sie die ganze Lust verstehen, die in diesem Moment vorhanden war. Ich war hemmungslos und bewegte mich wie die wahre Schlampe, die ich bin, und ich schäme mich nicht, das zuzugeben. Von allen Freundinnen an meiner Schule bin ich die schlampigste und das liebe ich. Und das weiß jeder.

Es gab einen Moment, in dem die beiden Männer ihre Positionen tauschten und erneut auf mich einschlugen, was mir in diesem Moment das Gefühl gab, die glücklichste Frau der Welt zu sein. Man muss nicht nur wissen, wie man eine Hure ist und sich jedem hingibt, es ist auch wichtig zu wissen, wie man einen guten Fick genießt, und in diesem Moment genoss ich zwei hervorragende Ficks gleichzeitig.

Ich konnte es nicht mehr ertragen und kam überall vollgespritzt. Als sie das sahen, griffen die beiden Männer härter an, bis sie in mich eindrangen, einer von vorne und der andere von hinten, und füllten mich auf beiden Seiten mit kochender Milch. Den Mann zum Kommen zu bringen, ist für den einen eine Quelle der Befriedigung, aber es ist unbezahlbar, zwei Männer gleichzeitig in dich eindringen zu lassen.

Nun, mein Freund kam nie und ich war dafür dankbar, ich hätte es gehasst, wenn sie uns bei diesem gewaltigen Doppelfick unterbrochen hätten.

Natürlich wiederholten sich diese Besuche im Haus meines Freundes während seiner Abwesenheit viele Male.

FANTASIE MIT FREMDEN

Einmal lud mich mein Freund zu einem Treffen mit Freunden zu sich nach Hause ein, was sehr häufig vorkam und wir regelmäßig taten, worauf ich bereitwillig einging.

Normalerweise schleichen sich mein Freund und ich bei solchen Treffen irgendwann davon, um einen kurzen Fick zu haben, und kehren dann zum Treffen zurück. Jeder wusste das und fast jeder tat das Gleiche.

Was mich damals überraschte, war, dass es nur Jungen gab, keine Frauen und sie alle für mich völlig fremd waren. Trotzdem sagte ich nichts und wir begannen zu trinken und uns angenehm zu unterhalten.

Irgendwann spielten sie sanfte Musik,
sehr hübsch, irgendwie geil, wie das, was
man hört, wenn man anfängt zu ficken.

Tatsache ist, dass niemand getanzt hat,
weil sie reine Männer waren. Plötzlich
bat mich mein Freund, ein wenig für sie
zu tanzen, um das Treffen aufzulockern,
wofür alle applaudierten und die Idee
feierten, und ich machte mich gerade
bereit, ihnen eine Show zu bieten.

Sie trug ein kurzes, enges Kleid, eines
von denen, die ich liebe, und vor allem
dieses ließ mich super sexy, super schön,
super geil und super schlampig
aussehen. Das ist die Idee, eines dieser
Kleider zu Meetings zu tragen.

Sie dimmten das Licht ein wenig und ich
begann, mich wirklich sinnlich zu
bewegen, da ich mich als Mädchen sehr
gut entwickelt hatte, aber jetzt, mit 18,
hatte ich einen spektakulären Körper

und ein engelhaftes und unschuldiges Gesicht mit einem Lächeln und einem Blick Das hat alle zum Schmelzen gebracht. beliebig.

So bewegte ich mich eine Weile alleine, plötzlich kam ein Junge auf mich zu und packte mich von hinten an der Taille, er begann sich in meinem Rhythmus zu bewegen, die anderen feierten mit Applaus und Pfiffen. Ich spürte, wie es von hinten auf mich zukam und mich zu demjenigen zog, der an der Taille gehalten wurde. Sofort spürte ich, wie er aufhörte und er gab es mir zwischen meinen Pobacken. Ich stand mit meinem Hintern auf und bewegte mich sexyer, wobei ich natürlich diskret an seinem Schwanz rieb. Allerdings bemerkten alle meine Bewegung.

Das machte einem anderen Jungen Mut und er schloss sich uns bei diesem erotischen Tanz an. Er stand vor mir und ich packte mich an der Taille, ich näherte mich ihm und er begann auch, meinen Schwanz von vorne zu reiben. Das machte die anderen Kinder verrückt, die nicht aufhören konnten zu feiern und zu applaudieren.

Ich fing schon an, geil zu werden, bei dieser Musik, diese Kerle, die mich mit ihren Schwänzen reiben, ich wusste nicht, wie, aber plötzlich berührte ich bereits jeden ihrer Schwänze, eine Hand vorne und die andere hinten.

Zur Freude der anderen Jungen fingen sie an, mich noch unverhohlener zu befummeln. Einer von ihnen hob mein Kleid hoch, legte mein Gesäß frei und begann, sie geil zu streicheln. Der andere, der vorne war, nahm meine Brüste von der Bar und fing an, sie zu streicheln und zu lutschen. Sofort richteten sich meine Brustwarzen auf und wurden superhart, wie immer, wenn mich jemand berührt, ein Zeichen

dafür, dass es mir gefällt und ich schon
geil bin.

Fast ohne nachzudenken steckte ich
meine Hand in ihre beiden Hosen, und
fast sofort zogen sie ihre Hosen aus und
enthüllten ihre Schwänze, also fing ich
an, sie beide sehr geil zu streicheln.

Ein anderer Junge näherte sich und
begann, seine Hand zwischen meine
Beine zu legen und mein Geschlecht zu
berühren. Er merkte sofort, dass ich
schon super nass war, weil ich so geil
geworden war. Er zog auch schnell seine
Hose aus, legte sich mit dem Gesicht
nach oben auf den Teppich und setzte
mich auf sich, wobei er seinen gesamten
Schwanz tief in mich einführte, zur
Freude der anderen, die nicht aufhören
konnten zu feiern. Die anderen beiden
Jungs, mit denen ich von Anfang an
zusammen war, begannen abwechselnd,
seinen Schwanz in meinen Mund zu
stecken, ich packte sie und lutschte sie,

während der andere Junge mich nach seinem Geschmack fickte.

Als ich kam, um es ihm zu sagen, waren alle Jungs schon völlig nackt und packten abwechselnd ihre Schwänze und lutschten sie, also bekamen sie alle abwechselnd seinen Schwanz gelutscht.

Dann wechselten sie sich ab und zwangen mich, mich auf sie zu setzen und ihren Schwanz in mich zu stecken, so machten sie es alle. Ich wusste nie genau, ob es sechs, acht oder zehn Kerle waren, die mir an diesem Tag einen Schwanz gaben. Das Wichtigste ist, dass ich eine wundervolle Zeit habe und sie natürlich auch.

Ich ließ mich von jedem in jeder erdenklichen Position ficken und wechselte mich dabei ab, mich zu ficken. Es gab unglaubliche Momente, in denen sie zu zweit in mich eindrangen, einer von vorne und der andere von hinten, und dann wechselten sie sich ab, sodass jeder an der Reihe war.

Wir blieben eine ganze Weile so, immer wieder, ich kann mich nicht erinnern, wie oft ich kam, aber ich erinnere mich, dass ich es wie nie zuvor genossen habe.

Schließlich setzten sie mich in der Mitte auf die Knie und fast gleichzeitig kamen sie alle in meinen Mund, auf mein Gesicht, auf meine Titten, in meine Haare, wo immer sie sich berührten. Es war eine wundervolle Erfahrung, das erste Mal, dass ich an einer Orgie teilnahm, und die Wahrheit ist... ich habe es geliebt.

Natürlich wiederholten sich diese Treffen mehrmals, manchmal brachten sie ein Mädchen mit, um das Treffen noch mehr zu beleben, aber normalerweise waren es nur Männer.

UNTREUE MIT REIFE

Seit ich jung war, hatte ich immer die Vorstellung, dass ich eines Tages, wenn ich verheiratet wäre, meinen Mann mit einem Fremden betrügen würde.

Diese Idee verfolgte mich schon immer, seit ich Single war.

Jetzt, da ich verheiratet bin, begannen diese Gedanken unerwartet immer häufiger meine Gedanken zu füllen.

Ich stellte mir vor, wie ich einen Fremden ficke, und manchmal masturbierte ich sogar und stellte mir vor, wie dieses Abenteuer aussehen würde.

Mir ist klar geworden, dass ich bereits ein sehr geiles Mädchen geworden bin, vielleicht war ich es schon immer, aber jetzt scheine ich es mehr im Sinn zu haben und die Vorstellung, jemand anderen als meinen Mann zu ficken, macht mich extrem geil, bis zu dem Punkt, dass ich nass werde Ich denke nur an diese Situationen.

Ich habe immer darüber geträumt, aber jetzt, wo es realer zu werden begann, machte es mich ein wenig nervös und erregte mich mehr als nötig.

Also beschloss ich eines Tages aus Spaß, Anzeigen auf diskreten Erwachsenenseiten zu schalten, auf denen sich Mädchen Männern anbieten. Im Moment kam mir das alles lustig und geil vor und ich masturbierte mit dem Gedanken, eines Tages einen Fremden zu ficken.

Das Problem begann, als jemand auf eine meiner Anzeigen reagierte. Damit hatte ich nicht gerechnet, ich weiß, dass ich jeden Tag von dieser Idee träumte, aber jetzt schrieb mir plötzlich ein Fremder, dass er mit mir ficken wollte, dass er meine Fotos geliebt hätte und dass wir , wenn ich wollte, uns schreiben würden könnten uns so bald wie möglich treffen.

Die Wahrheit ist, dass es mir Angst gemacht hat, sich vorzustellen, mit einem anderen Mann im Bett zu sein, ist in Wirklichkeit nicht dasselbe, wie auf ihn zu springen, das hat mich extrem nervös gemacht.

Also habe ich nichts geantwortet. Ich blieb ruhig und vergaß es fast, als ich plötzlich   mehr Antwortbenachrichtigungen auf mehrere meiner Anzeigen erhielt.

Das war wirklich überraschend.

Mehrere unbekannte Männer wollten mich ficken.

Früher waren es nur meine Fantasien, aber jetzt stand mir die Gelegenheit offen, es wahr werden zu lassen, nicht nur mit einem, sondern mit wem auch immer ich wollte, das machte mich sehr unruhig, aber auch sehr geil. Ich hatte die Gelegenheit zu ficken, wen ich wollte, und alles, was ich tun musste, war, jeden von ihnen zu akzeptieren.

Also begann ich, die Profile einiger von ihnen zu überprüfen.

Einer erregte meine Aufmerksamkeit stark.

Er war ein älterer Mann, etwa 65 Jahre alt.

Du weißt, wie reife Männer mein Delirium sind .

Deshalb habe ich sein Profil etwas genauer gelesen.

Wenn ich Zweifel hatte, ob ich mit ihm ausgehen sollte, als ich las, dass er 23 cm wog, habe ich keinen Moment länger gezögert.

Ich antwortete sofort, dass ich interessiert sei.

Er schien überrascht, denn später gestand er, dass er nie gedacht hätte, dass ich ihm antworten würde.

also in einem weit entfernten Viertel, ich stieg in ein Taxi und kam am Treffpunkt an.

Da war er schon und wartete gespannt. Also stieg ich ohne weitere Zeitverschwendung in sein Auto und wir fuhren zu einem nahegelegenen Motel, etwas sehr Diskretes.

Da meine Geschichte etwas lang ist, sage ich euch einfach, dass wir zum Teufel alle meine Erwartungen übertroffen haben.

Ich war angesichts der Situation sehr nervös angekommen und habe einen Fremden getroffen, nur damit er seinen Schwanz in dich stecken konnte. Das war natürlich nichts, abgesehen von der Nervosität war ich super aufgeregt und super geil.

Schließlich lief alles wunderbar, wir verabredeten uns zu weiteren Anlässen und das taten wir auch.

Jetzt, nach dieser unglaublichen Erfahrung, war ich ruhiger, ich konnte besser denken und ich kam definitiv zu dem Schluss , dass ich eine ausgezeichnete Entscheidung getroffen hatte, indem ich meine Fantasien wahr werden ließ.

Mit dieser Erfahrung erlaubte ich mir, die Dinge besser zu planen, und nach und nach begann ich, die Einladungen von Fremden anzunehmen.

Mit völliger Kontrolle entschied ich, wer ja und wer nein.

Also fing ich an, Einladungen nur von älteren Männern anzunehmen.

Es kam der Moment, in dem ich dachte, ich sei nicht nur eine echte untreue und fressende Hure geworden, sondern mir wurde klar, dass ich tatsächlich eine Nymphomanin war.

Ich brauchte zunehmend den Schwanz eines Fremden. Es kam die Zeit, in der ich fast täglich fickte, das entsprach jeder Fantasie, die ich jemals gehabt hatte.

Allerdings begann ich mir ernsthafte Sorgen zu machen, als ich das Bedürfnis nach nicht nur einem Schwanz verspürte, sondern nach zwei, oder wenn möglich, nach drei.

Also begann ich, Termine mit einfachen Fremden zu vereinbaren und übernahm die Aufgabe, Partner anzuwerben, auch wenn sie sich nicht kannten.

Meine Anzeige lautete etwa so:

Junge unzufriedene verheiratete Frau verfügbar, auf der Suche nach zwei reifen Herren.

Zu meiner Überraschung. Fast vom Tag der Ankündigung an gingen Hunderte Antworten ein.

Also übernahm ich die Aufgabe, unter den Bewerbern auszuwählen.

Ich war äußerst begeistert von den Profilen zweier reifer Männer, die bereits älter waren. Sie sagten, sie seien zwischen 70 und 75, aber sehr gut ausgestattet.

Ich antwortete sofort und wir trafen uns zu unserem ersten Date.

Unnötig zu erwähnen, dass es eine wundervolle Erfahrung war, mit diesem Paar zu ficken.

Sie haben mir fast 4 Stunden lang Schwänze gegeben, ich habe beide göttlich gelutscht, sie haben mich gefickt und mich nach ihrem Geschmack abgeholt, und natürlich nach meinem Geschmack. Das Unglaublichste und Wundervollste war, als sie mich von vorne und von hinten beglückt haben gleiche Zeit.

Es war ein unglaubliches Erlebnis, das wir natürlich mehrmals wiederholten.

So verlief mein aufregendes Sexualleben zwischen Schwanzpaaren, das ich auf unglaubliche Weise genoss. Ich liebte die Vorstellung, eine untreue nymphomane Hure geworden zu sein.

Dieser einzige Gedanke erregte mich ungemein, aber ich masturbierte nicht mehr, sondern nahm einfach den Hörer ab. und fertig!!!

ENDE